¿Quieres jugar, Cangrejito?

Jonathan Fenske

ACORN™
SCHOLASTIC INC.

Para Coco, ¡que es el mejor encontrando cosas!

Originally published in English as *Let's Play, Crabby!*

Translated by Abel Berriz

Copyright © 2019 by Jonathan Fenske
Translation copyright © 2020 by Scholastic Inc.

ISBN 978-1-338-60115-2

10 9 8 7 6 5 4 3 2 1   20 21 22 23 24

Printed in China   62

First Spanish edition, 2020

Book design by Maria Mercado

El **viento** en la cara.

La **espuma** en los ojos.

Las **algas** en las pinzas.

3

¡SHHH!

9

EL JUEGO

¡Me **encantan** los juegos!

¡Oye, Cangrejito! ¿Quieres jugar?

¡No, Plancton! **No** quiero jugar.

No me gustan los juegos.

13

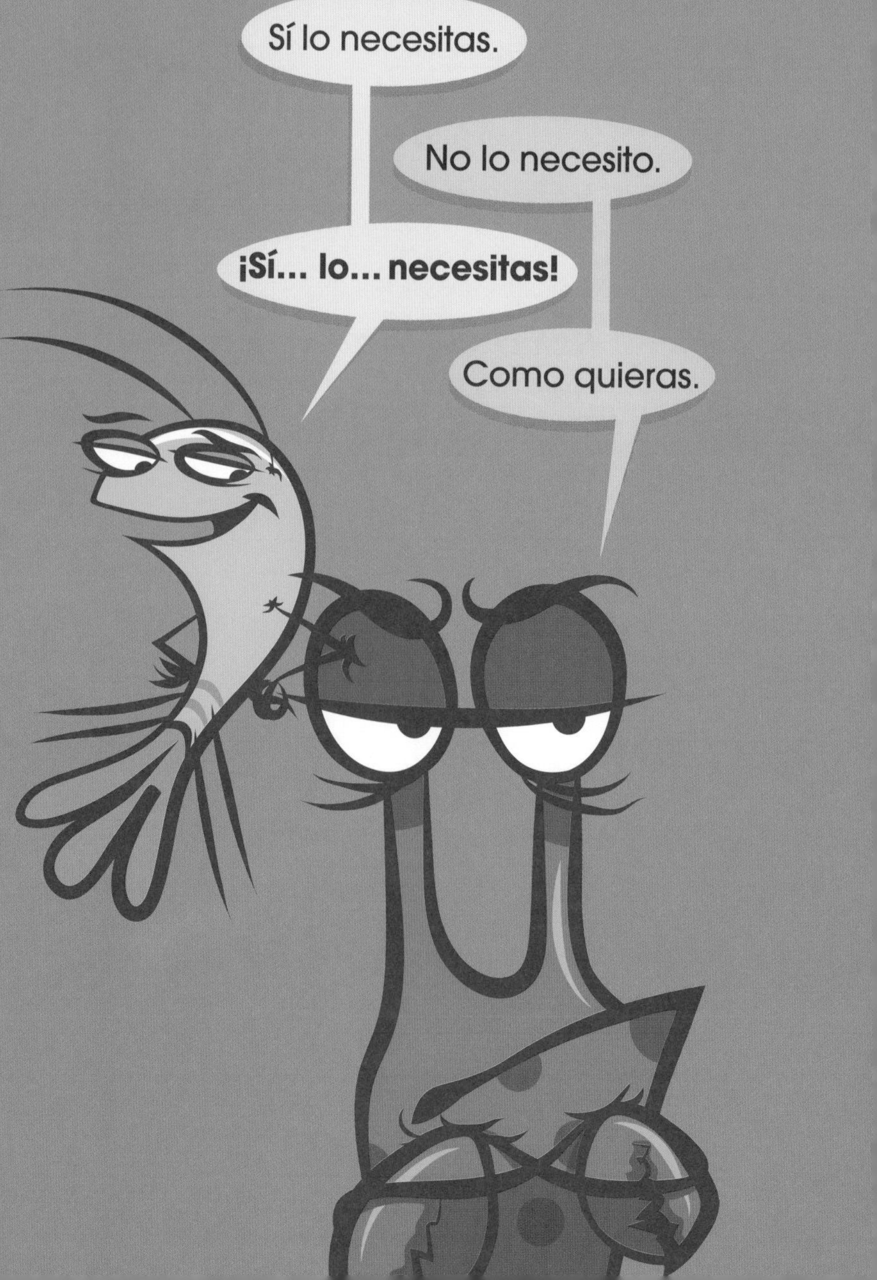
Sí lo necesitas.
No lo necesito.
¡Sí… lo… necesitas!
Como quieras.

15

Bueno.
Podemos jugar a
Cangrejito dice.

Eso tiene más sentido.

Si yo digo "Cangrejito dice", ¿tú tienes que hacer lo que Cangrejito diga?

¡Así es!

Vaya. ¡Creo que me gusta este juego!

Entonces, ¿estás listo?

¡Sí!

¿Listo listo?

¡Sí!

¡Allá vamos!

19

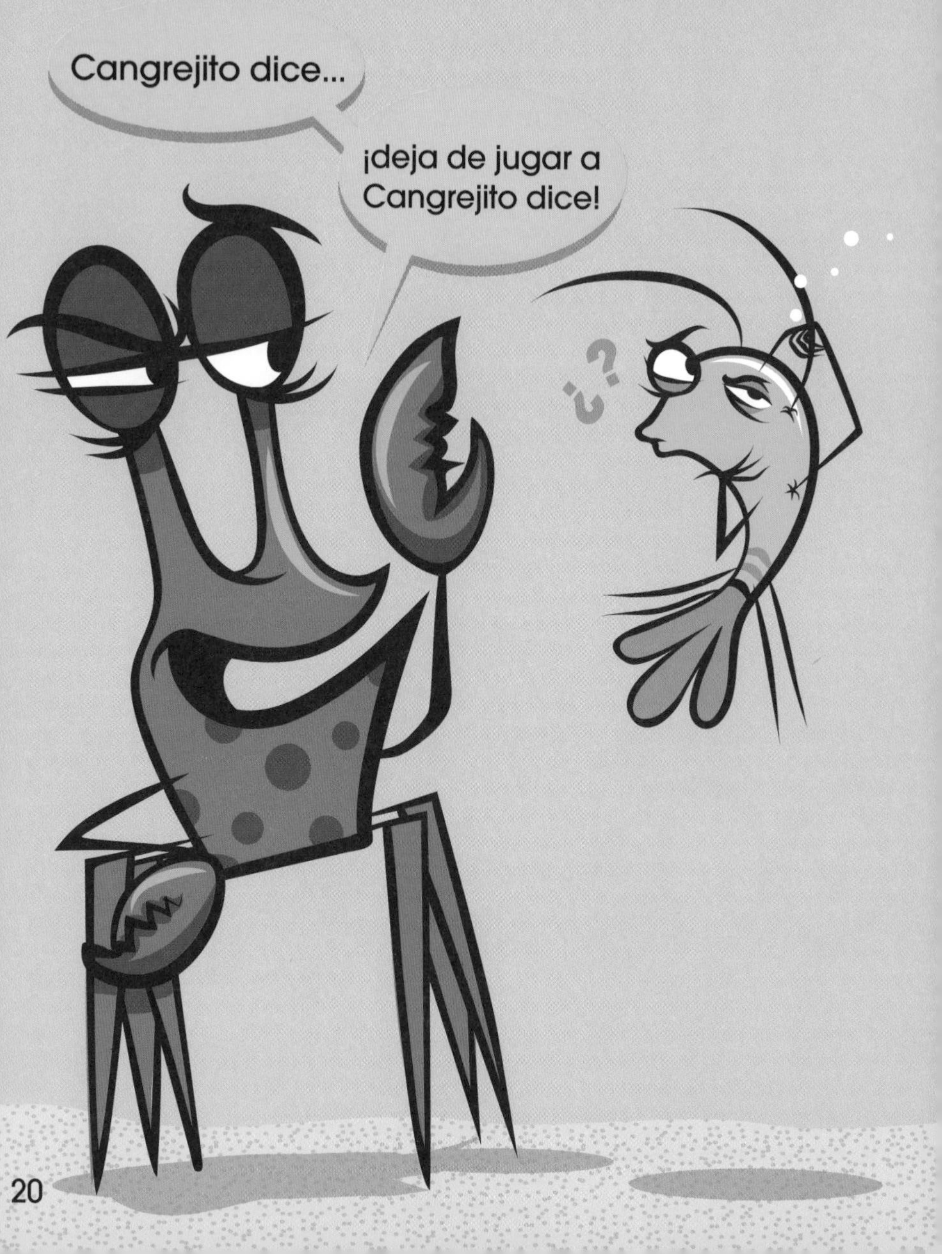
Cangrejito dice...
¡deja de jugar a Cangrejito dice!
¿?

EL OTRO JUEGO

21

Tú te escondes
y yo te busco.

No **quiero**
esconderme.

Yo me escondo
y tú me buscas.

No **quiero**
buscarte.

¡No podemos
jugar si no quieres
esconderte **ni**
buscarme!

Exacto.

24

Eso no es divertido.

Lo fue para mí.

TIC
TIC

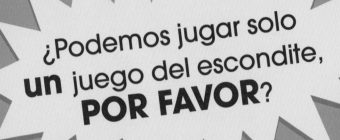

27

¡Salió cola!

Supongo que **tendrás** que buscarme.

¡Qué **emoción**!

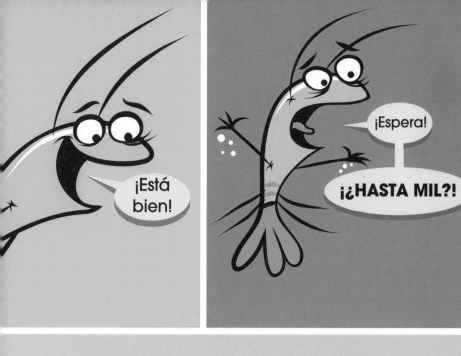

31

EL OTRO
OTRO JUEGO

Humm.

Es **más** divertido con **más** jugadores.

¡Oigan, Albita, Talita y Luisito!

Tienes que estar bromeando.

35

39

Más
cerca.

Más
cerca.

¿Estás
listo?

¡¡¡SÍ!!!

No puedo
ser LADRÓN
porque...

¡Dime!
¡Dime!

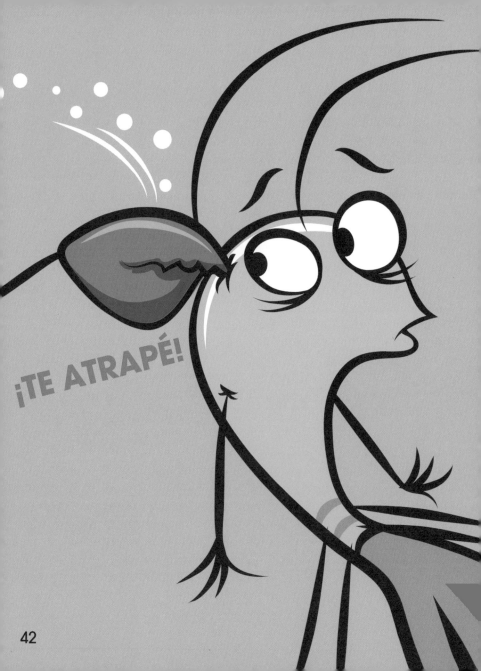

42

Sobre el autor

Jonathan Fenske vive en Carolina del Sur con su familia. Nació en Florida, cerca del océano, ¡así que conoce bien la vida en la playa! Le **encanta** jugar, y para él jugar significa correr y escalar montañas.

Jonathan es el autor e ilustrador de varios libros infantiles, incluidos **Percebe está aburrido**, **Plancton es un pesado** (seleccionado por la Junior Library Guild) y el libro de LEGO® **I'm Fun, Too!** Uno de sus primeros libros, **A Pig, a Fox, and a Box**, obtuvo el premio honorífico Theodor Seuss Geisel.

ESTOS LIBROS NO SON GRACIOSOS.

Percebe está **ABURRIDO**
Jonathan Fenske

Plancton es un **PESADO**
Jonathan Fenske

¡TÚ PUEDES DIBUJAR A PLANCTON!

 ¡Qué emoción!

1. Dibuja medio corazón.

2. Dibuja la boca y la parte delantera del cuerpo.

3. Dibuja la cola y una línea que separe la cola del cuerpo.

4. Rellena la boca. Dibuja cuatro patas y dos antenas.

5. ¡Añade los ojos alocados de Plancton y dos brazos! Añade algunos detalles.

6. ¡Colorea tu dibujo!

¡CUENTA TU PROPIO CUENTO!

A Plancton le gusta jugar.
¿Qué juegos te gusta jugar a **ti**?
¿Jugarías con Plancton?
¿Jugaría Cangrejito contigo?
¡Escribe y dibuja el cuento!